Die sieben Hunde und Koyo

Geschichten der Mandé aus Westafrika

Erzählt von Clément Drabo
mit Illustrationen von Cornelia Wiekort

Jaja Verlag

Burkina Faso in Westafrika

Burkina Faso ist ein Staat in Westafrika, der im Inneren des Nigerbogens liegt und an Mali, Niger, Benin, Togo, Ghana und die Elfenbeinküste (Côte d'Ivoire) grenzt. Hier herrscht ein tropisches Klima, und es gibt verschiedene Savannenlandschaften. Die Hauptstadt heißt Ouagadougou. Etwa die Hälfte der Burkiner (Burkinabé) gehört dem Volk (der Ethnie) der Mossi an. Es gibt auch die Bobo, die Tuareg, die Samo und viele andere Ethnien. Viele Völker in Westafrika gehören zu einem noch größeren Volk, den Mandé. Sie leben heute in verschiedenen benachbarten Ländern. Überall dort versteht man sich sprachlich sehr gut, weil die einzelnen Sprachen miteinander verwandt sind, und alle zur Mandésprachfamilie gehören.

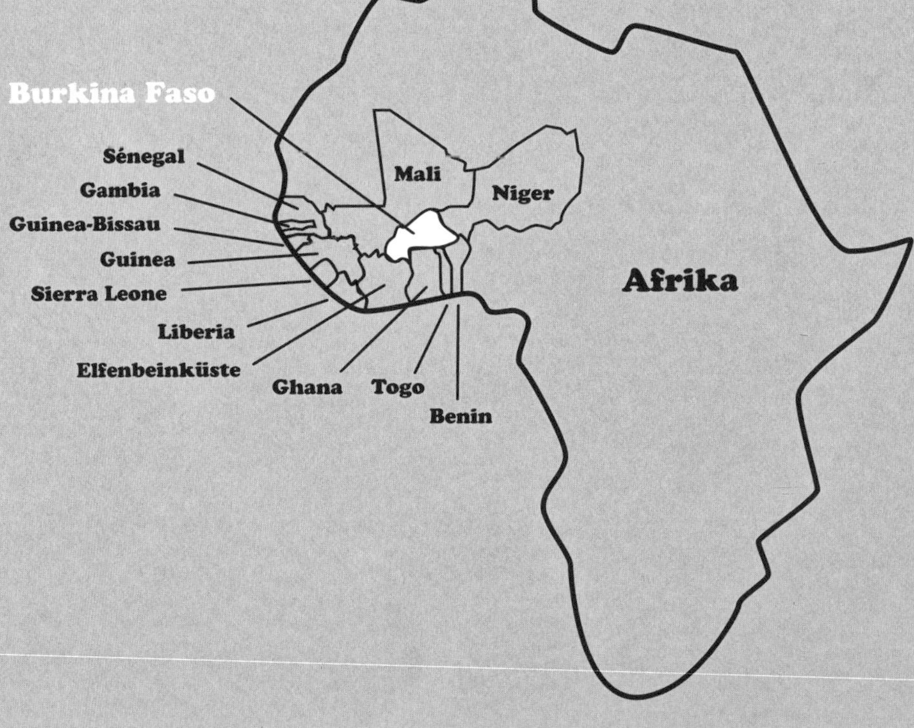

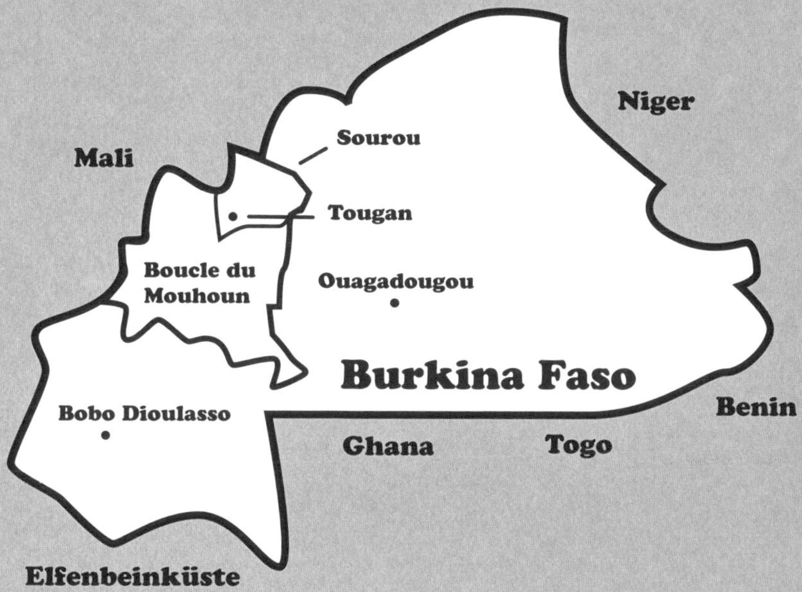

In Burkina Faso werden etwa 60 Sprachen gesprochen, und es gibt verschiedene Religionen. Die Nationalsprachen in Burkina sind Mooré, Dioula und Fulfulde, Amtssprache ist Französisch. Im Land der Samo spricht man auch noch die Sprache Samo – auch „San", eine Mandésprache. Das Land der Samo liegt in der Provinz Sourou in der Region Boucle du Mouhoun, die Hauptstadt heißt Tougan.

Burkina Faso gehört zu den ärmsten Ländern der Welt, hat aber eine bunte Kultur, und alle Ethnien leben friedlich zusammen. Viele Burkinabé sind Bauern, und für sie ist das Leben in den sehr trockenen Zeiten (Dürreperioden) sehr schwierig.

Über die Märchen aus Burkina Faso

Die afrikanische Geschichte im Allgemeinen ist eine Erzählung von wundersamen Ereignissen, die unterhalten und oft auch lehrreich sein sollen. Wenn die Samo Geschichten erzählen, wird gesungen, nachgeahmt, im Rhythmus geklatscht und häufig auch getanzt.
Die Geschichten mit allen Sagen der Vorfahren repräsentieren das ganze traditionelle Leben und richten sich an jeden: Männer, Frauen, Jung und Alt finden sich darin wieder. Es zeichnet die alltäglichen Beschäftigungen nach, die Gebräuche, die Jagd, den Handel, das Fischen. Die Geschichten der Samo unterscheiden sich von deutschen Geschichten in vielerlei Hinsicht, da es bei ihnen andere Sitten und Gebräuche gibt.
„Viele Generationen haben ihre Geschichten erzählt. Aber die Märchen sterben mit den Alten, die von uns gehen, und die die Bewahrer dieses großen Wissens sind. Ich möchte die traditionellen Geschichten meines Volkes, der Samo, festhalten und weitergeben. Ein Volk, das zu den ältesten Ethnien Burkina Fasos zählt, und dessen Geschichten und Sagen bis heute nur traditionell mündlich überliefert werden, aber lehrreich sind auch für unsere heutige Gesellschaft.“

Cheick Oumarou Clément Drabo

Die sieben Hunde und Koyo

Es war einmal ein Jäger der besaß sieben Hunde, die außergewöhnlich groß und stark waren und Schlappohren hatten. Dieser Mann liebte die Jagd so sehr, dass er Koyo genannt wurde, das bedeutet „der Meister der Jäger“. Er mochte auch seine Hunde besonders, so dass er jedem von ihnen einen Kosenamen gab:

Bani-djolo, Bani-mimba,
Oro-sunguruba, Oro-kambeleba,
Kimkim-bodara, Sunkandi
und Mibakono.

Jeden Tag ging er mit seinen Hunden auf die Jagd. Viele Tiere des Waldes wurden von ihm getötet, und so versammelten sich eines Tages die, die noch am Leben waren, um zu beraten, wie sie ihn von der Jagd abhalten könnten.

Der Affe schlug den andren Tieren vor: „Ich kann mich als anmutige Frau verkleiden und ihn heiraten. Dann gewinne ich sein Vertrauen, und wir können ihn in eine Falle locken.“

Am nächsten Morgen verkleidete sich der Affe also und machte sich auf den Weg, um den Jäger zu heiraten. Als er als schöne Frau auf Koyos Hof ankam freute sich der Jäger sehr, dass eine so anmutige junge Dame zu ihm kam. Vor Aufregung war er ganz nervös und fragte sie schließlich was sie gern äße.
Der Affe dachte an die gefährlichen Hunde und sagte mit verstellter Stimme: „Mein Leibgericht ist Hundefleisch.“ Da nahm der Jäger einen seiner Hunde und tötete ihn für seine neue Frau.
So ging es die nächsten Tage weiter bis keiner der sieben Hunde mehr übrig blieb.

Eines Tages sprach Koyos Mutter zu ihm: „Mein Sohn, was hast du nur für eine seltsame Frau geheiratet, die nichts anderes als Hundefleisch isst. Nimm dich in acht, dass sie dir nicht eines Tages Schaden zufügt!“
Da die Mutter klug war, nahm sie jedes Mal, wenn der Jäger einen Hund getötet hatte, dessen Knochen an sich und bewahrte sie auf.

Als Koyos schöne Frau ihr Ziel erreicht hatte und kein Hund mehr übrig war, bat sie eines Tages ihren Mann, mit ihr in den Wald zu kommen, um Holz zum Kochen zu sammeln.

Am folgenden Morgen nahm der Jäger sein langes Messer und ging zusammen mit seiner Frau in den Busch.
An einem Baum tief im Wald hielt Koyo an, um Äste abzuschlagen. Die Frau war jedoch dagegen und gab vor, der Baum sei gar zu kahl. So gingen sie weiter bis sie in einen Teil des Waldes gelangten, in dem die Bäume so dicht gedrängt standen, dass es ganz dunkel war.
Inmitten des Gehölzes blieb die Frau unter einem mächtigen Baum stehen und bat ihren Mann, hinaufzusteigen und die Äste abzuschlagen. Ohne zu zögern, erklomm Koyo den Baum und begann, Ast um Ast abzuschneiden. Ihn erfüllte Stolz auf sich selbst und auf die Wohltat, die er seiner Frau erweisen konnte.

Als er einen Blick nach unten warf um zu sehen was seine Frau tat, entdeckte er jäh wie sich dort Tiere aller Art drängten, die aus allen Winkeln des Waldes herbeigeströmt waren, und die neue Frau war verschwunden. Da arbeitete er nicht weiter und hängte sich mit Mühe das lange Messer wieder um. Plötzlich dachte er an den Satz: „Mein Leibgericht ist Hundefleisch.“, und er begann langsam an seiner neuen Frau zu zweifeln.
Unerschrocken holte er aus seiner Tasche seine Zauberflöte, die er seit seiner Kindheit besaß und entlockte ihr Töne, die übersinnlich durch den Wald klangen. Augenblicklich vernahm seine Mutter das Signal und begriff, dass ihr Sohn in Gefahr schwebte und Hilfe brauchte. Koyos Zauberflöte hatte folgendes gespielt:
„Bani-djolo Bani-mimba Oro-sunguruba
Oro-kambeleba Kimkim-bodara Sunkandi
Mibakono Otikiayéwa, To totoroto, to totoroto.“

Das bedeutet: „Kommt schnell und rettet mich, meine allerliebsten Hunde! Was die Tiere im Sinn haben soll nicht Wirklichkeit werden.“

Schnell schritt sie zur Tat und holte alle Knochen hervor, die sie aufbewahrt hatte, als ihr Sohn so leichtsinnig war seine Hunde zu töten. Sie warf sie auf den Boden, machte geheimnisvolle Gesten und murmelte dabei allerlei Beschwörungen. Bevor sie zu Ende gesprochen hatte, erschienen auf wundersame Weise dieselben großen, starken Hunde mit den Schlappohren und machten sich eilig auf den Weg, um ihrem Herrchen in der Not zu Hilfe zu eilen.

Der saß noch immer ohne Aussicht auf Rettung auf dem Baum. Über ihm wölbte sich das Himmelszelt, unten lagerten die Tiere. Es gab kein Entrinnen. Am Fuße des Baums brüllten und tobten die Löwen vor Wut, die Geparden schrien, die Hyänen heulten, die Elefanten trompeteten, der ganze Wald tönte von dem Geschrei. Der Affe selbst rannte aufgeregt hin und her, als ob er der Dirigent dieses seltsamen Orchesters wäre. Als einer der Löwen auch noch begann, mit seinen gefährlichen Krallen am Baumstamm hochzuklettern, fing der Jäger am ganzen Körper an zu zittern und spielte noch inbrünstiger auf seiner Flöte. Die Lage war ernst und wurde immer gefährlicher.

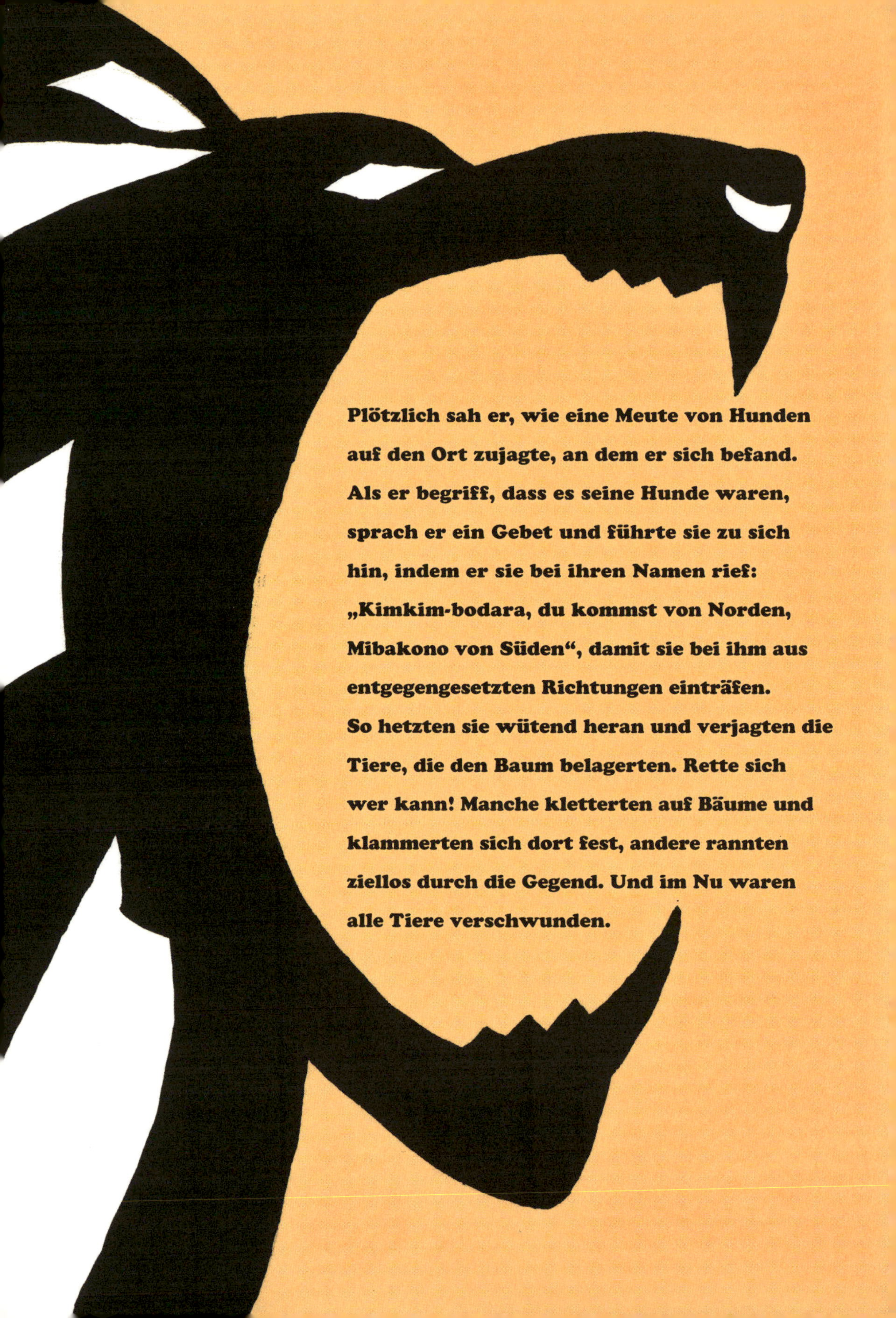

Plötzlich sah er, wie eine Meute von Hunden auf den Ort zujagte, an dem er sich befand. Als er begriff, dass es seine Hunde waren, sprach er ein Gebet und führte sie zu sich hin, indem er sie bei ihren Namen rief: „Kimkim-bodara, du kommst von Norden, Mibakono von Süden“, damit sie bei ihm aus entgegengesetzten Richtungen einträfen. So hetzten sie wütend heran und verjagten die Tiere, die den Baum belagerten. Rette sich wer kann! Manche kletterten auf Bäume und klammerten sich dort fest, andere rannten ziellos durch die Gegend. Und im Nu waren alle Tiere verschwunden.

Mit Müh und Not war Koyo der Gefahr entronnen, die um ein Haar sein Leben gekostet hätte. Er begriff, dass die Tiere des Waldes sich gegen die vielen Jagden gewehrt hatten und beschloss, von nun an nicht mehr zu jagen. Zufrieden mit seiner Entscheidung und voller Stolz auf seine Hunde, die ihn gerettet hatten, kehrte er nach Hause zurück.

Toutou und der böse Geist

Toutou war ein sehr dickköpfiges Mädchen, das nie auf das hörte, was ihre Eltern ihr sagten. Immer machte sie nur das, was ihr selbst gefiel.

Sie erfüllte ihre täglichen Pflichten nicht und wollte auch nicht auf ihre kleinen Geschwister aufpassen. Oft ging sie ganz alleine spazieren. Während die anderen Kinder im Mondlicht auf den öffentlichen und heiligen Plätzen spielten, war Toutou mit anderen Dingen beschäftigt.

Wenn dann die anderen Kinder im Bett waren, ging Toutou alleine nach draußen, um auf dem öffentlichen Platz zu spielen. So war es immer.

Eines Tages war Toutou wieder einmal ganz alleine unterwegs. Sie klatschte in die Hände, sprang von hier nach dort und sang:

Tutelétu tuletu
Fantaba zunguruba irana
Awaba zunguruba irana
Tutelétu tulétu

Das heißt auf Deutsch:

Tutelétu tuletu
Fanta hat mir gezeigt wie sie spielt.
Awa hat mir gezeigt wie sie spielt.
Tutelétu tulétu

Die Nacht war schon hereingebrochen und damit auch die Stunde, zu der sich die Geister auf den Weg machen. So kam es, dass ein böser Geist, der in der Nähe war von dem schönen Gesang Toutous angezogen wurde.

Der Geist hatte sich in eine Frau verwandelt, die ein krankes Kind auf ihrem Rücken trug. Sie begann, dasselbe Lied wie Toutou zu singen und kam auf das Mädchen zu.

Zunächst freute sich Toutou, jemanden zu treffen, mit dem sie singen und ein bisschen plaudern konnte. Aber als die Frau näher kam, bemerkte Toutou, dass es sich gar nicht um eine normale Frau handelte.
Sie hatte nämlich die Füße der Frau bemerkt, die ganz lange Fersen hatten und außerdem nach hinten gerichtet waren, also war sie ein Geist.

Toutou bekam große Angst und wollte weglaufen. Aber die Frau, die übernatürliche Kräfte hatte, schaffte es noch, das Kind, das sie trug, Toutou von hinten auf den Rücken zu werfen. Da es kein normales Kind war, konnte Toutou es nicht abschütteln. Durch die schwere Last auf ihrem Rücken bekam sie eine Krankheit, die man in der Sprache der Samo „Bandone“ nennt. Das heißt auf Deutsch „Buckel“.

Diese Geschichte erzählen in Burkina Faso bei den Samo die Eltern ihren Kindern, wenn diese nicht auf die Eltern hören wollen.

Der arme Samba

Während seines ganzen Lebens konnte Samba sich nur ein einziges Baumwollhemd kaufen. Jeden Tag trug er dasselbe Hemd, und sobald es schmutzig war, wusch er es und zog es dann wieder an, bis es ganz verschlissen war und nur noch in Fetzen an seinem Körper hing. Und trotzdem trug er es immer, weil er sich kein anderes Hemd leisten konnte.

Eines Tages ärgerte er sich über sich selbst und dachte: „Besser sterben als immer so elendig arm bleiben. Auf der ganzen Welt gibt es keinen ärmeren Menschen als mich.“ Also nahm er einen Strick und eine Flasche Wasser und machte sich auf in den Busch.

Als er an einem großen Baum ankam zog er seine alten, zerrissenen Kleider, die er seit Jahr und Tag trug aus, legte sie am Fuße des Baumes auf den Boden und trank einen Schluck Wasser. Nach alter Tradition durfte er sich nicht nüchtern und in voller Kleidung umbringen. Dann kletterte er auf den Baum und befestigte den Strick an einem starken Ast.

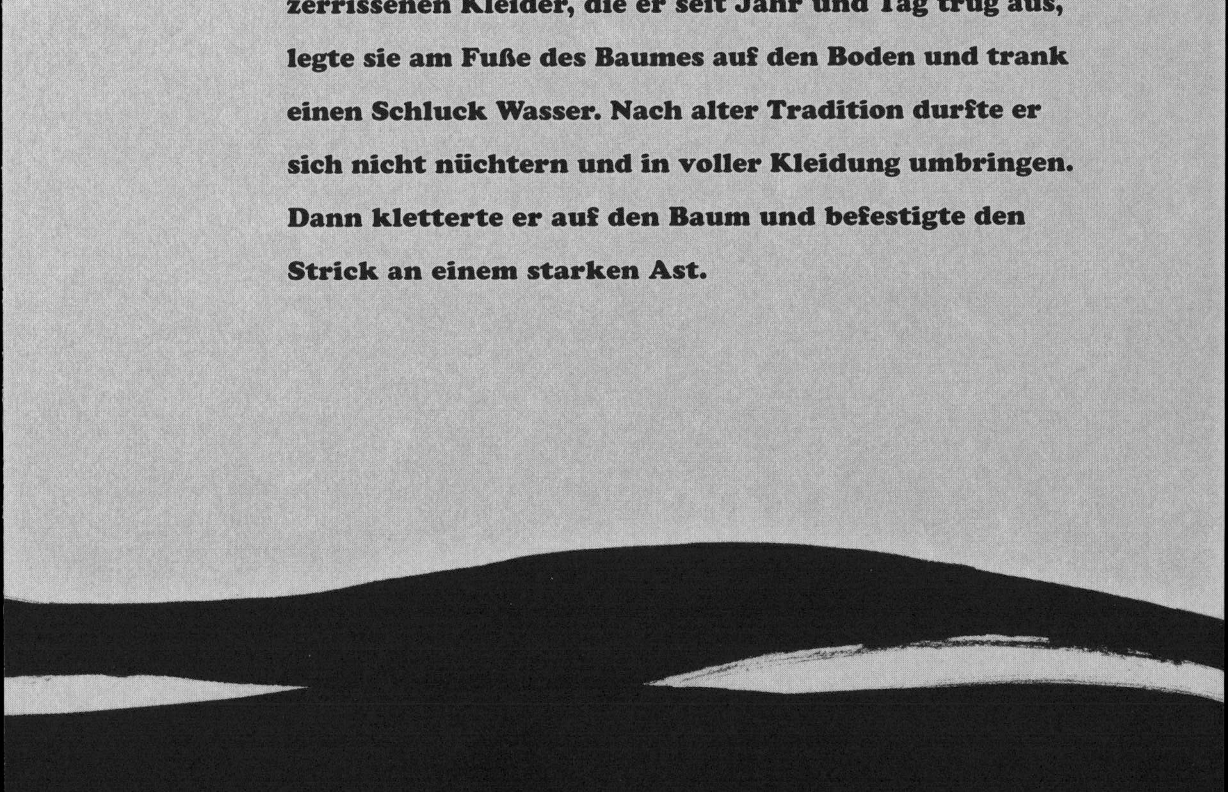

Als er sich vornüber beugte um sich zu erhängen, entdeckte er am Fuße des Baumes einen Mann, der mit sich selbst sprach. Und weil er so laut sprach, hielt Samba inne und hörte zu, was der Mann sagte: „Aha, der liebe Gott ist heute mit mir! Wer mag das wohl sein, der hier seine Kleider wegwirft? Der muss noch genug andere Kleider haben.“ Der Mann nahm Sambas Kleider, zog sie an und setzte seinen Weg fort.

Samba wurde es nun ganz kalt da oben auf dem Baum, und er dachte nicht mehr daran, sich umzubringen, sondern ließ den Strick fallen.

Er kletterte vom Baum herunter, schüttelte seinen Kopf und sagte zu sich: „Ich wusste nicht, dass es noch ärmere Menschen als mich gibt.“

Die Schnauze der Katze

Früher hatten die Katzen eine lange Schnauze und lebten wie wilde Tiere im Busch. Aber heute sieht man die Katzen mit einer ganz kurzen Schnauze. Warum ist das so?

Vor langer Zeit wollten die Katzen mit den Menschen Freundschaft schließen. Eines Tages ging ein Kater zu einer Menschenfrau und bot ihr seine Freundschaft an.

Die Frau sagte zu dem Kater: „Deine Schnauze ist mir zu spitz, wenn sie kleiner wäre, dann könntest du mein Freund werden.“

„Für dich mache ich alles.“, antwortete der glückliche Kater, „Miau miau“, das bedeutet: „Ja ja“. Schnell lief er nach Hause, um sich die spitze Schnauze zu verkleinern.

Am nächsten Tag rannte der Kater aufgeregt zu der Frau und zeigte ihr seine neue Schnauze. Aber die Frau freute sich gar nicht. Sie sagte: „Die Schnauze ist viel zu kurz geraten!“

Daraufhin wurde der Kater sehr böse auf die Frau und fing an zu schreien: „Yam yam yam yam yam yam yam yam!“, das bedeutet „Oh, du ... du hast mich getäuscht!“

So kam es, dass die Katzen so eine kleine Schnauze haben. Heute sind die Katzen zwar die Freunde der Menschen, besonders der Frauen, aber die Katzen sind immer misstrauisch.

Gestalten aus den Märchen der Mandé

Der Affe ist eitel und frech. Er ist außerdem ein Symbol für Scharfsichtigkeit. Manchmal ist er aber auch ein Verräter.
In Afrika ist die Fabelfigur des Affen eine der beliebtesten bei den Kindern. Die Alten sagen, der Affe ist ein naher Verwandter des Menschen, in vielem sind sie sich sehr ähnlich.

Hunde sind folgsam, schlau und orientierungsfähig. Die Vorfahren sagen: Wenn du immer gemeinsam mit deinem Hund isst, dann kannst du dich im Busch so gut zurechtfinden wie er.
Hund und Katze sind die treuesten Begleiter des Menschen.

Die Geister sind in Westafrika unter den Namen „Les Genies“ auf Französisch und „Djina“ oder „Wôkolony“ auf Dioula bekannt. Diese Wesen spielen eine mysteriöse Rolle in der afrikanischen Gesellschaft. Sie haben – so erzählt man in Afrika – ein besonderes Aussehen: Sehr klein und muskulös, dicke rote Augen und einen riesigen Kopf. Die Weiblichen haben lange Haare bis zum Boden. Außerdem erkennt man einen Geist an seinen Füßen. Diese zeigen mit den Zehen nach hinten und die Fersen sind sehr lang.

Die Katze ist heute mit dem Menschen gut befreundet. Wenn ihr Mensch Besuch hat, kommt sie und schmiegt sich an den Besucher. Sie zeigt damit, dass sie anwesend ist und nimmt Kontakt auf, bleibt dabei aber immer vorsichtig. Wenn jemand in der Menschenfamilie der Katze krank ist oder bald stirbt, fühlt die Katze das. Sie miaut dann laut, um es alle wissen zu lassen.

Wir danken unseren Familien und Freunden, die uns bei der Entstehung dieses Buches in vielerlei Hinsicht unterstützt haben: Friederike, Madina, Daniel Sangoulé, Ibama Marie und Mutter Doro Drabo, Takeshi und Eva-Maria, der Botschaft von Burkina Faso in Berlin und ganz herzlich Annette Köhn und dem Jaja Verlag.

Cheick Oumarou Clément Drabo und Cornelia Wiekort

Impressum

Autor: Clément Drabo

Illustration, Layout: Cornelia Wiekort · www.wiekort.de

Herausgeber: Jaja Verlag

Fein illustrierte Machwerke · www.jajaverlag.com

Erstausgabe: Berlin, November 2015

Papier: Munken Polar, FSC-zertifiziert

Druck: Balto Print, Vilnius, Litauen

ISBN 978-3-943417-77-7